Chers amis rongeurs,
bienvenue dans le monde de

Geronimo Stilton

D0034331

Texte de Geronimo Stilton.
Basé sur une idée originale de Elisabetta Dami.
Coordination des textes de Isabella Salmoirago.
Coordination éditoriale de Patrizia Puricelli. *Édition de* Alessandra Rossi.
Coordination artistique de Roberta Bianchi. *Assistance artistique de* Lara Martinelli *et* Tommaso Valsecchi.
Couverture de Giuseppe Ferrario.
Illustrations intérieures de Alessandro Pastrovicchio *(graphisme et couleurs).*
Cartes de Archivio Piemme.
Graphisme de Merenguita Gingermouse *et* Yuko Egusa.
Traduction de Titi Plumederat.

www.geronimostilton.com

Pour l'édition originale :
© 2008, Edizioni Piemme S.p.A. – Via Galeotto del Carretto, 10 – 15033 Casale Monferrato (AL) – Italie – www.edizpiemme.it – info@edizpiemme.it – sous le titre *Ore 8: a Scuola di Formaggio!*
International rights © Atlantyca S.p.A. – Via Leopardi, 8 – 20123 Milan, Italie – www.atlantyca.com – contact : foreignrights@atlantyca.it
Pour l'édition française :
© 2009, Albin Michel Jeunesse – 22, rue Huyghens, 75014 Paris – www.albin-michel.fr
Loi 49-956 du 16 juillet 1949 sur les publications destinées à la jeunesse
Dépôt légal : second semestre 2009
N° d'édition : 18475/2
ISBN-13 : 978 2 226 19208-0
Imprimé en France par l'imprimerie Clerc à Saint-Amand-Montrond en décembre 2009

Geronimo Stilton

À L'ÉCOLE DU FROMAGE

ALBIN MICHEL JEUNESSE

GERONIMO STILTON
SOURIS INTELLECTUELLE,
DIRECTEUR DE *L'ÉCHO DU RONGEUR*

TÉA STILTON
SPORTIVE ET DYNAMIQUE,
ENVOYÉE SPÉCIALE DE *L'ÉCHO DU RONGEUR*

TRAQUENARD STILTON
INSUPPORTABLE ET FARCEUR,
COUSIN DE GERONIMO

BENJAMIN STILTON
TENDRE ET AFFECTUEUX,
NEVEU DE GERONIMO

UNE MATINÉE
TRÈS SPÉCIALE

C'était un matin d'**automne** où rien, *vraiment*
rien, ne se passa comme il aurait fallu.
Ce fut peut-être à cause de mon **réveil** qui
sonna beaucoup plus tôt que d'habitude...

Ou ce fut peut-être parce que je dus me passer de PETIT DÉJEUNER, ou parce que je fus obligé de tout faire en quatrième vitesse... En tout cas, ce matin-là commença *vraiment* mal : on aurait *vraiment* dit la typique **JOURNÉE SANS**... Une de ces journées où tout semble aller de travers.

Je ne sais pas si je vous l'ai déjà dit, mais je suis un gars, *ou plutôt* un rat, très routinier.

Le matin, j'adore me réveiller tranquillement et rester bien au chaud sous les couvertures à paresser un peu. J'aime m'habiller avec soin et surtout prendre un petit déjeuner sain avant de sortir.

CÉRÉALES

PAIN ET CONFITURE

LAIT

FRUITS

Bref, je ne suis pas du matin : je ne suis pas le genre de souris qui saute au bas de son lit dès que le coq a chanté et qui est tout de suite débordante d'ÉNERGIE, pleine de RESSORT !

JE NE SUIS PAS COMME ÇA ! JE SUIS COMME ÇA !

Je disais donc : ce matin-là, tout alla *vraiment*
DE TRAVERS...

Pour commencer, mon réveil sonna
beaucoup trop tôt, à six heures trente,
une heure plus tôt que d'habitude !
Je tendis la patte pour l'éteindre et,
en soupirant, me retournai pour me
rendormir...

Je n'avais vraiment pas envie de me lever : il était
bien trop tôt. Mais il fallait que je fasse un effort,
parce que je savais que ce serait une matinée très
spéciale pour mon neveu Benjamin !

C'était la JOURNÉE DES MÉTIERS dans son
école et j'avais été invité à parler du mien.

Ah, excusez-moi, peut-être voulez-vous savoir
quel est mon métier... Je suis *écrivain* !

Pour être plus précis, mon nom est Stilton,
Geronimo Stilton, et je dirige *l'Écho du
rongeur*, le journal le plus célèbre de l'île des
Souris : à Sourisia, tout le monde le lit !

À dire vrai, à la seule idée de parler devant les camarades de Benjamin, devant les professeurs et les autres invités, j'avais les moustaches qui vibraient et les pattes qui *trans-piraient* !

Je suis très très trèèès **TIMIDE** : quand je dois parler en public, je me trouble et je fais piètre figure ! Quoi qu'il en soit, je décidai que ce *devait* être une journée spéciale pour Benjamin... et que je ferais de mon mieux pour paraître brillant et désinvolte.

Benjamin serait fier de moi !

JE NE SUIS PAS UNE SOURIS MATINALE !

Pour me calmer, je pris une profonde inspiration et commençai à ME RÉPÉTER :

« Je ne me ridiculiserai pas… je suis une souris désinvolte… » Je commençais à ME RELAXER quand le téléphone sonna ; je sursautai et mon crâne heurta l'étagère au-dessus de mon lit.

Quel choc !

Aïe !

Je répondis au téléphone : c'était ma sœur **Téa**.

– Geronimo, tu es encore couché ? **DÉPÊCHE-TOI**. Tu n'as pas oublié quel jour on est ?

Je t'en prie, essaie de ne pas passer pour un benêt devant tout le monde...

Benjamin y tient beaucoup !

Je balbutiai :

– Oui, je suis réveillé... *(presque)*. Et je sais parfaitement quel jour nous sommes *(hélas !)*. Ne t'inquiète pas, je vais tâcher de ne pas me ridiculiser *(je ne suis pas sûr d'y arriver)*.

Je raccrochai en soupirant...

Tout était à recommencer, j'étais de nouveau très **AGITÉ** !

Je recommençai à me répéter : « Je ne me ridiculiserai pas... je suis une souris désinvolte... »

Quand je trouvai enfin la force de me lever, il était six heures cinquante. Il fallait que je me dépêche. C'est à ce moment que mon téléphone portable a sonné.
C'était **grand-père Honoré**.

– Gamin ! Tu es prêt ? Tu ne peux pas être en retard, pas aujourd'hui ! Je t'en prie, ne te ridiculise pas...

Benjamin y tient beaucoup !

Et n'oublie pas... Il en va de la bonne renommée de notre famille et de *l'Écho du rongeur* !

Je lui répondis avec les moustaches qui *s'entortillaient* tant j'étais nerveux :

– Oui, grand-père... Bien sûr, grand-père, je sais que Benjamin y tient beaucoup. Et je ferai de mon **mieux**, grand-père...

J'essayai de finir cette conversation au plus vite, mais il continua à hurler dans mes oreilles pendant dix bonnes minutes. Je venais juste de réussir à raccrocher quand on sonna à la porte.

C'était tante Toupie.

– Salut, Geronimo, je passais dans le coin et j'ai eu l'idée de venir te faire un petit coucou, mais je ne voudrais pas te déranger…

– Merci, tante Toupie, tu ne me déranges pas, entre donc.

– Tu sais, je t'ai apporté des gâteaux pour te donner du COURAGE : je sais que tu es très nerveux quand tu dois parler en public, mais, je t'en prie, fais de ton mieux. Tu sais, Benjamin y tient beaucoup !

J'aime toujours beaucoup discuter avec tante Toupie et ses gâteaux sont vraiment délicieux… Elle ne resta que dix minutes, le temps de me donner ses biscuits à la vanille, un sourire et quelques conseils…

Je goûtai d'avance le plaisir de grignoter bien tranquillement ces exquis petits gâteaux, quand un message arriva sur mon téléphone.

Il était de Patty Spring.

> Salut, G, bonne chance pour aujourd'hui. Benjamin y tient beaucoup ! À bientôt.

SMS de Patty Spring

Ah, Patty était vraiment gentille de m'avoir envoyé ce message. Elle avait écrit « à bientôt ». Alors... peut-être... avait-elle envie de me voir...

Cette idée me mit de bonne humeur et il me fallut encore dix minutes pour trouver les MOTS JUSTES pour lui répondre.

Cependant, je pensai que j'allais vraiment devoir faire de mon mieux pour ne pas me ridiculiser ce jour-là : sinon, Pandora le raconterait sûrement à sa tante... c'est-à-dire à Patty.

Cermi, moi aussi j'epsère te voir tienbôt !

Cette seule idée fit s'entortiller mes moustaches de nervosité... Ainsi, après avoir beaucoup réfléchi, je lui répondis enfin :

SMS de Geronimo

En fait, j'avais voulu lui écrire : « Merci, moi aussi j'espère te voir bientôt ! » *Mais j'étais tellement nerveux que mes doigts s'étaient* entortillés *eux aussi !* **JE M'ÉTAIS RIDICULISÉ !**
J'avais à peine fini de pianoter ce message incohé-

rent quand on sonna encore à la porte : cette fois c'était **Traquenard** !

Il entra comme une véritable tornade !

– Geeerominou, tu as une drôle de tête, ce matin !

– C'est ma tête de tous les jours…

– Non, tu as l'air plus nigaud que d'habitude.

– Merci. Grâce à toi, je me sens mieux.

– Tu es **Nerveux** ?

– Non, je ne suis **PAS** nerveux.

– Pourtant, tu as l'air **Nerveux**.

– Je te dis que **NON**.

– Tu en es sûr ? Parce que, quand tu es nerveux, tu finis TOUJOURS par te ridiculiser.

– Je ne suis **PAS** nerveux !

– C'est possible, en tout cas, aujourd'hui au moins, essaie de paraître normal !

Je hurlai :

– Ça suffiiit, j'ai compriiis ! Si vous continuez comme ça, vous allez me mettre à bout de nerfs !

– Je te le disais bien que tu étais **Nerveux** !

Quand je réussis enfin à renvoyer Traquenard, il était **sept heures cinquante**.

J'étais en retard : Benjamin m'attendait à huit heures à l'arrêt du car de ramassage scolaire.

Je n'avais plus le temps de prendre mon petit déjeuner !

Je me débarbouillai rapidement le museau, m'habillai, puis sortis en courant.

Décidément, c'était une **JOURNÉE SANS** !

C'EST DÉCIDÉMENT UNE JOURNÉE SANS !

Le réveil sonna trop tôt : à six heures trente du matin !

SANS !

Quand le téléphone sonna, je sursautai et me cognai à l'étagère !

SANS !

SANS !

Tante Toupie m'apporta de délicieux petits gâteaux... mais je n'eus pas le temps d'en manger un seul!

SANS !

Heureusement, je reçus un SMS de mon amie Patty Spring!

Traquenard entra comme une tornade et je ne pus pas l'arrêter!

SANS !

MERCI, JE PRÉFÈRE LE MAL D'AUTO !

J'arrivai juste à temps à l'arrêt du car de ramassage scolaire.

Quand Benjamin me vit, il me topa la patte à m'en décrocher le bras !

Ses yeux brillaient d'excitation et, pendant un instant, j'oubliai ce réveil absurde.

J'oubliai même que je n'avais pas encore pris de petit déjeuner !

Puis il m'attrapa par la manche de la veste et m'entraîna à l'ARRIÈRE du car, à sa place préférée. Je me souvins que, lorsque j'étais petit, je n'allais jamais m'asseoir là : chaque fois que j'essayais… j'avais une nausée terrible !

Mais je ne dis rien à Benjamin : je tenais à ce que, pour lui, ce soit vraiment une journée *spéciale*. Bref, je ne voulais pas le décevoir. Je m'assis donc à l'arrière du car, en espérant que je ne me sentirais pas mal.

Hélas, mon estomac était vide comme un réfrigérateur au mois d'août : le mal d'auto était garanti !

En effet, dès que le car démarra **SUR LES CHAPEAUX DE ROUES**, en cahotant, la nausée arriva, aussi inévitable qu'un mal de ventre après une indigestion.

Au premier virage, j'étais **BLANC** comme un fantôme.

Au deuxième virage, j'étais **VERT** comme une glace à la pistache.

Au troisième virage, j'aurais voulu descendre... **QUEL HORRIBLE VOYAGE !**

Puis le car passa sur un trou et un
ressort du siège me p^roP^uls^a en
avant...
Je me retrouvai coincé entre une
charmante petite souris qui portait des tresses et
un petit rongeur à taches de rousseur qui se
mirent à bavarder en me perforant les oreilles de
leurs petites voix aiguës.
QUEL HORRIBLE VOYAGE !

C'est toi, Stilton ?

C'est vraiment toi ?

– Mais tu es Stilton, *Geronimo Stilton* !

– C'est vraiment *toi toi* en personne ?

– C'est vraiment *toi toi toi* en personne qui écris tous ces livres ?

Je souris d'un air satisfait.

– Oui, bien sûr, c'est vraiment *moi moi moi* en personne.

– Bien. Je voulais te dire que, page 27 de ton dernier **l i v r e**, au septième mot de la quinzième ligne, il y a une **erreur**. Tu as écrit fromage avec deux **m** ! Excuse-moi, mais je n'aurais jamais cru cela de toi.

L'autre en rajouta une couche :

– C'est vrai ! Je l'avais remarqué, moi aussi ! Ma petite maman chérie, qui est la sœur de la tante de la cousine de la coiffeuse de Sally Rasmaussen, dit que c'est un **scandale** !

J'allais m'excuser, mais ils ne m'en laissèrent pas l'occasion.

Quand ils commencèrent à cancaner, critiquant ceci et cela, je n'en pus plus : je ne supporte pas les ragots.

QUEL HORRIBLE VOYAGE !

Heureusement, Benjamin ne tarda pas à arriver.

– Oncle Geronimo, je veux te présenter mes amis.

J'allais le suivre à l'arrière du car, mais les autres essayèrent de m'en empêcher.

– Reste ici, monsieur Stilton, à l'arrière, tu pourrais avoir la NAUSÉE, c'est ce que dit la tante de la sœur de la cousine...

Pendant un instant, je me demandai ce qui était préférable : le MAL D'AUTO ou ce torrent de ragots.

Je finis par me décider : je préférais le mal d'auto !

GERONIMO STILTON...
PRÉSENT !

Je retournai m'asseoir à l'arrière, en espérant que je ne serais pas malade. Benjamin me rassura :
– On arrive bientôt, tonton !
Mais, moi, le trajet me sembla **INTER-MINABLE** ! Le car de ramassage scolaire prit *trois virages à droite,*

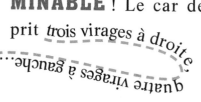

quatre virages à gauche...

VIRAGE À DROITE

VIRAGE À GAUCHE

SBANG !
BANG ! SBANG !
BANG ! SBANG !

... Et, à cause d'une dizaine de chaos mortels, ma tête alla plusieurs fois cogner contre le plafond !

Pendant ce temps, Benjamin essayait de me montrer l'**emploi du temps** de la journée, mais j'avais une nausée atroce ! *(J'ai toujours la nausée quand je lis en voiture !)*

Le voici, lisez-le vous-même !

	LUN.	MAR.	MER.	JEU.	VEN.
8.30	HISTOIRE	FRANÇAIS	MATHS	ANGLAIS	HISTOIRE
9.30	MATHS	FRANÇAIS	MATHS	GYM	FRANÇAIS
RÉCRÉATION 10.30	GYM	ANGLAIS	GÉO	GYM	FRANÇAIS
11.30	ANGLAIS	ARTS PLASTIQUES	HISTOIRE	HISTOIRE	GÉO

Quand je sortis enfin du car, j'avais la tête qui tournait comme si je descendais d'un manège. Pauvre de moi !

DÉCIDÉMENT, C'ÉTAIT UNE JOURNÉE SANS.

Je me dirigeai vers l'école en titubant, je pénétrai dans le hall, ému, et, soudain, je fus submergé par les souvenirs...

Que de moments heureux ! Que de difficultés vaincues ! Que de mauvais tours j'avais joués ! Que d'AMIS j'avais connus : Farfouin Scouit, Kornelius Van Der Kankoïe (*c'est-à-dire l'agent secret Zéro Zéro K... mais ne le dites à personne !*) et puis, bien sûr, mon cousin Traquenard avec toutes ses farces...

Et puis il y avait elle, Ludivine Savantine : le cauchemar de mes années d'école !

Une rongeuse si jolie, si parfaite, si forte dans toutes les matières. Je fis halte devant la vitrine où étaient conservés les trophées et les *prix* remportés par les élèves et... je la vis !

C'était elle, toujours elle, qui remportait toutes les **COMPÉTITIONS** scolaires : le concours de tables de multiplication, le concours de conjugaison, le concours de rédaction...

J'arrivais toujours à la **deuxième place**. Évidemment, ce n'était pas si mal, mais j'aurais tellement aimé être premier ! Pendant des années, j'ai rêvé d'avoir une plaque à mon nom dans cette vitrine... Avec un soupir, je m'éloignai, mélancolique.

J'essayai de me consoler en me disant que, dans la vie, j'ai quand même obtenu de bons résultats : je dirige un journal, j'ai une foule d'amis, j'ai même remporté le prix Souritzer... Mais, au fond de mon cœur, je voyais bien que je n'avais pas cessé de rêver d'avoir une PLAQUE à mon nom dans cette vitrine.

Tandis que je remuais ces pensées, Benjamin me précédait dans les couloirs...

Comme l'école avait changé !

Elle était pareille et pourtant très différente.

Elle était plus MODERNE, il y avait des ordinateurs dans les salles de classe, un nouveau gymnase, des laboratoires de langues et des salles de musique, une salle de conférences, un auditorium et même un magnifique atelier d'art... Une merveille !

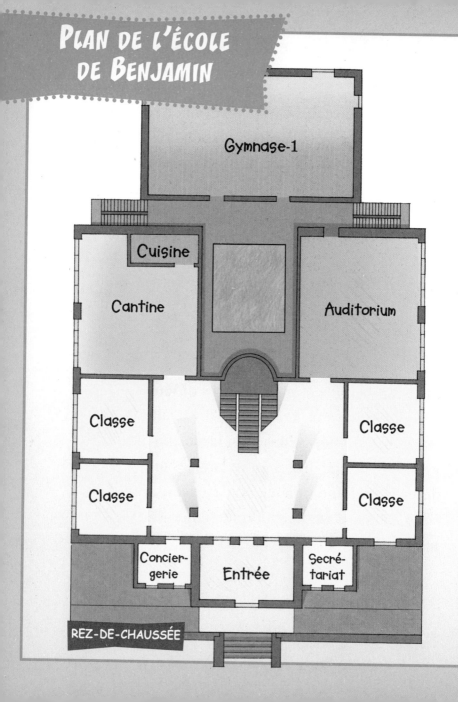

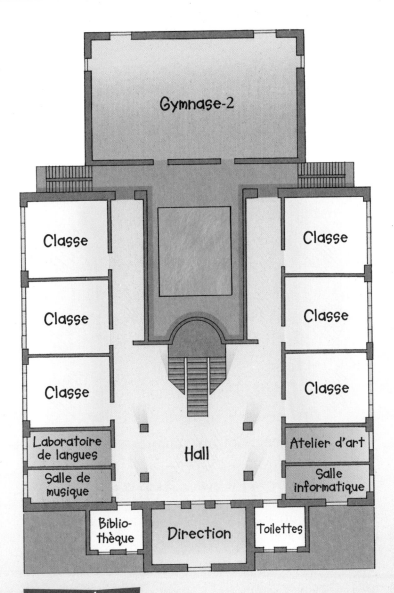

Gymnase-2

Classe

Classe

Classe

Laboratoire
de langues

Salle de
musique

Classe

Classe

Classe

Atelier d'art

Salle
informatique

Hall

Biblio-
thèque

Direction

Toilettes

PREMIER ÉTAGE

COMME... UNE SOURIS DANS LE FROMAGE !

En regardant toutes ces salles, j'éprouvai de la nostalgie pour l'époque où, dans cette école, je me sentais chez moi, comme... *une souris dans le fromage* !

Mais je n'eus pas le temps de me complaire dans ma nostalgie, car Benjamin me poussait déjà dans sa classe.

– C'est ici, oncle Geronimo, nous sommes arrivés !

Une rongeuse aux longs cheveux blonds, aux yeux clairs et sincères et aux manières aimables mais énergiques vint à ma rencontre.

C'était **SOURILLE DE SOURILIS**, l'institutrice de Benjamin.

Elle m'accueillit avec un SOURIRE radieux.

– Monsieur Stilton, quel plaisir de vous recevoir aujourd'hui !

Je lui fis un baisepatte.

– Bonjour, chère Sourille. Merci de m'avoir invité : c'est si *bon* de se retrouver ici, dans ma vieille école.

Et bonjour à vous, les enfants !

Je regardai autour de moi et reconnus les visages souriants des camarades de classe de Benjamin.

Je les connaissais bien, parce que nous avions vécu ensemble une aventure extraordinaire aux **chutes du Niagara** !

Je commençai à me dire que, *peut-être*, tout se passerait bien ce jour-là, quand une voix annonça dans un haut-parleur :

– Ding dong !
L'institutrice Sourille est attendue de toute urgence par la directrice.

Il me sembla reconnaître cette voix… Savoir **où** je l'avais déjà entendue…

L'institutrice me sourit.

– Geronimo, je vous **confie** ma classe. Pouvez-vous vous occuper de l'appel, s'il vous plaît ? Si je devais ne pas revenir tout de suite, s'il vous plaît, accompagnez les enfants dans la cour. Aujourd'hui, c'est à notre classe de faire le **Salut au drapeau** : c'est un grand honneur.

Ah, j'oubliai, il faut aussi donner à manger à **Gégé**, notre mascotte. J'y vais, tout est clair ?
Comme je ne refuse jamais mon aide à personne, et surtout pas aux dames, je répondis galamment :
— Ne vous inquiétez pas, je m'occupe de tout !
Mais à peine avais-je prononcé ces mots que je m'en repentis : je ne savais pas comment faire pour que tous ces petits rongeurs se tiennent tranquilles, je n'avais jamais fait l'appel, je ne me souvenais plus de la marche à suivre pour le salut au drapeau… Et puis, je me demandai : *qui* ou plutôt… *qu'était* Gégé ?
Mais il était trop tard : la maîtresse était déjà partie et je devais me débrouiller.

COMME UN DRAPEAU
DANS LE VENT

Je décidai de commencer par l'appel.

Je pris le registre et commençai à lire un à un les prénoms des enfants, dans l'ordre alphabétique :

– Antonia...

– Présente !

– Atina...

– Présente !

– Benjamin...

– Mais, tonton, tu m'as toi-même accompagné à l'école ! Évidemment que je suis là !

Tout le monde éclata de rire et je devins ROUGE comme une tomate, mais j'essayai de garder une certaine contenance. J'ai ma dignité, moi !

– Euh, bravo. Je voulais voir si tu étais attentif.

Je poursuivis l'appel sans autre incident, jusqu'à la lettre « T » : Takeshi…

– **Présent !**

– Tian kai...

– **Présent !**

– Tripo...

– ABSENT !

– Comment cela, absent ? Je te reconnais : c'est toi, Tripo ! Je me souviens très bien de toi.

Comment cela, absent ?

En effet *(hélas)*, je me souvenais très bien de lui. Comment aurais-je pu l'oublier ?

Durant notre voyage aux chutes du Niagara, il m'en avait **FAIT VOIR** de toutes les couleurs !

– Non, je ne suis pas Tripo, je suis son frère jumeau !

– Ne fais pas le **MALIN**, Tripo.

– Je te dis que je ne suis pas Tripo : je suis un hologramme*. Appelle-moi **HOLO**. Aujourd'hui, Tripo n'avait pas envie de venir, et c'est pour cela qu'il m'a envoyé.

Tout le monde rit et je devins de nouveau **ROUGE** comme une tomate, mais je décidai de jouer le **JEU**.

– Très bien, Holo, je note sur le registre. Tripo absent. Holo, présent. Alors, Holo, aujourd'hui c'est toi qui feras le salut au drapeau à la place de Tripo. Tu en es capable ?

* Un hologramme est une image en trois dimensions projetée dans l'espace et présentant une apparence semblable aux objets réels.

– Oui, bien sûr… Je sais tout faire, je suis un gars, *ou plutôt un rat* génial, pas une CANCoïLLotte comme toi. On comprend vite que tu ne sais pas faire le salut au drapeau !

Tout le monde éclata de rire et je devins encore plus ROUGE, parce qu'il avait raison : je ne me souvenais plus comment on fait le salut au drapeau !

Une fois encore, j'essayai de garder contenance, mais je pensai :

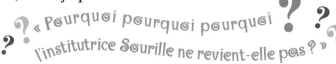

« Pourquoi pourquoi pourquoi l'institutrice Sourille ne revient-elle pas ? »

Je terminai l'appel sans autre problème, puis j'emmenai les enfants dans la cour, où se dressait la hampe du drapeau. Nous nous disposâmes en demi-cercle. Pendant que je tenais le drapeau avec déférence, Tripo (*ou plutôt Holo, si vous préférez*) se mit à bricoler les crochets du

drapeau de Sourisia et, « accidentellement »... je me retrouvai **suspendu** en l'air par l'arrière-train !

Je flottais comme un drapeau dans le vent !

Je hurlai :

– **Au secouuuuurs !** Que quelqu'un me descende de là, j'ai le vertige !

Un instant plus tard, le concierge arriva en courant. Il me fit aussitôt descendre de cette position absurde et me dit, avec empressement :

– Tout va bien, monsieur Stilton ? Voulez-vous un **verre d'eau** ?

❓❓❓

OÙ EST PASSÉ GÉGÉ ?

Je regardai ce visage TRANQUILLE et **joufflu**, aux yeux sombres et au sourire franc et jovial... Ces traits me parurent familiers, comme si je les connaissais depuis toujours...

Je demandai :

– Nous nous connaissons ?

Il répondit en souriant :

– Non, vous ne me connaissez pas, mais je sais tout de vous. Je m'appelle **SALVADOR DES SOURICEAUX**, je suis le concierge.

– Merci de votre aide, vous m'avez sauvé, monsieur Salvador.

Puis je me retournai vers Tripo et je lui dis d'un air sévère :

– Mais, toi, Tripo, j'ai quelque chose à te dire...

Il me regarda d'un air **innocent**, écarquillant de grands yeux noirs.

– Je ne suis pas Tripo. Tripo est absent. Je suis Holo, son **HOLOGRAMME**. On ne peut pas punir un hologramme. Et, de toute façon, je ne l'ai pas fait exprès !

Je ne sais pas pourquoi, mais il ne m'avait pas convaincu : j'étais sûr et certain qu'il avait mis la **PATTE** à cette affaire...

Je songeai qu'il valait mieux retourner en classe et nous occuper de Gégé, comme me l'avait recommandé Sourille : je tenais beaucoup à faire **bonne figure** devant la maîtresse de Benjamin. Dès que nous fûmes de retour en classe, Atina s'avança et me dit en souriant, très fière :

– Aujourd'hui, c'est mon tour de donner à manger à Gégé.

– Très bien, Atina, tu peux t'en occuper tout de suite. Au fait, quelle sorte d'animal est ce Gégé ? Une petite tortue ? Ou bien un petit canari ? Ou bien...

Elle n'eut pas besoin de me répondre, car je le découvris tout seul, hélas !

Dès qu'Atina ouvrit la cage, *quelque chose* en jaillit À TOUTE VITESSE...

Pendant que tout le monde hurlait, *quelque chose* se mit à courir partout, effrayé par le bruit de la classe.

Quelque chose traversa la pièce en un éclair...

se glissa dans mon pantalon... →

grimpa sous mon gilet... →

et déboucha dans mon col ! →

Là, *quelque chose* me fixa pendant un instant de ses yeux tout petits petits...
Gégé était un **GECK**● !

CARTE D'IDENTITÉ DU GECKO

QU'EST-CE QU'UN GECKO ? Un petit animal de la famille des reptiles. Il porte des écailles noir-brun ou vertes, pour se confondre avec le milieu dans lequel il vit. Il s'agit d'un animal essentiellement nocturne, mais certaines espèces sont actives le jour.

SA LONGUEUR : Son corps peut varier de deux à quarante centimètres, selon les espèces.

CE QU'IL MANGE : Des insectes.

UNE CURIOSITÉ : Pour chasser leur proie, les geckos restent immobiles pendant plusieurs minutes, la fixant à distance, puis, très vifs, ils bondissent et l'attaquent brusquement.

OÙ VIT-IL ? Le gecko vit dans toutes les régions chaudes et tempérées de la Terre, en particulier dans les régions de la Méditerranée, en Afrique, dans certaines zones d'Amérique centrale et du Sud, en Australie et en Asie du Sud.

D'ÉTRANGES HABITUDES : Il peut grimper partout grâce à ses pattes munies de petits coussins adhésifs, qui lui permettent de se coller aux murs les plus lisses. La nuit, il se tient près des lumières qui attirent les insectes dont il se nourrit.

LE SAVIEZ-VOUS...
Le gecko est considéré comme un animal domestique, c'est-à-dire qu'il peut être **élevé à la maison**, dans un **terrarium**. Il suffit de lui ménager une cachette où il puisse se réfugier, de prévoir un spot lumineux pour réchauffer son abri, un petit bol avec de l'eau et quelques insectes à manger !

Il s'agit en général d'un animal facile à garder en raison de sa grande résistance physique.

??? (RIDICULE N° 1) OÙ EST GÉGÉ ?

C'est *juste* à ce moment-là, alors que je me dandinais parce que le gecko me **chatouillait** et que tous les enfants **HURLAIENT** en essayant de récupérer Gégé, que la porte de la classe s'ouvrit.

C'était l'institutrice Sourille, suivie par d'autres rongeurs qui, comme moi, avaient été invités pour la journée des Métiers.

Je m'étais ridiculisé !

Le silence se fit dès que la maîtresse pénétra dans la classe. Elle me regarda d'un air interrogateur et je devins rouge de honte. Atina sanglota, les LARMES aux yeux :

– Gégé s'est échappé. Nous ne le retrouvons pas !

– Ne t'inquiète pas, nous le retrouverons plus tard, dit Sourille. Pour l'instant, je dois VOUS PRÉSENTER les autres invités de la journée : le professeur Hier O'Glyph, célèbre égyptologue, mademoiselle Lulu Soufflé, qui a inventé le fromage avec des MICROTROUS, le professeur Lapilli Magmatique, vulcanologue, et... le sublimissime acteur Leonardo di Livaro !

En entendant ce nom, la classe applaudit, enthousiaste !

LA JOURNÉE DES MÉTIERS

PRÉNOM : Hier
NOM : O'Glyph
SURNOM : le Rat du désert
PROFESSION : égyptologue
SA PASSION : il possède une incroyable
collection de livres de blagues, qu'il aime
raconter à ses amis et à ses parents.

PRÉNOM : Lapilli
NOM : Magmatique
SURNOM : Boum !
PROFESSION : vulcanologue
SA PASSION : depuis qu'il est tout petit,
il a toujours aimé faire des expériences...
Le problème, c'est qu'il a plusieurs fois failli
mettre le feu à son laboratoire !

PRÉNOM : Lulu
NOM : Soufflé
SURNOM : BonBon
PROFESSION : cuisinière
SA PASSION : elle a inventé d'innombrables recettes gourmandes et surtout plein de nouveaux fromages comme celui avec des microtrous.

PRÉNOM : Leonardo
NOM : di Livaro
SURNOM : le Blond
PROFESSION : acteur
SA PASSION : il adore la nature et les animaux. Dans sa villa, il a fait construire un manège hébergeant cinq chevaux et il vit avec dix chiens !

(RIDICULE N° 2) AU SECOURS, UNE MOMIE !!!

Sourille donna aussitôt la parole au professeur Hier O'Glyph, un très bon ami à moi, qui commença à parler de son métier.

– Chers enfants, je suis un é-gyp-to-lo-gue, c'est-à-dire un spécialiste de l'ÉGYPTE ANCIENNE, et je suis également directeur du Musée égyptien de Sourisia. Y en a-t-il parmi vous qui l'ont déjà visité ?

Tous les enfants hurlèrent :

– *Moi, Moi, Moi !*

Quant à moi, je frissonnai :

– Brrrr !

J'ai horreur des sarcophages et surtout des MOMIES ! (*Ne le dites à personne, mais la dernière fois que je suis allé au Musée égyptien, j'ai fait des cauchemars pendant un mois !*)

Hier O'Glyph, ravi, posa sur la table un vieux et **mystérieux** sarcophage de bois en forme de chat.

Toute la classe s'exclama :

– *Ooooooh !*

Il souleva lentement le très lourd couvercle :

– SGNIIIIIIK !

Toute la classe murmura :

– HOuuuuuuн !

Mais le couvercle lui échappa des mains :

– *SBANG !*

Aïe !!

Je hurlai :
– **AÏE** !

Le couvercle m'était tombé sur une patte !

DÉCIDÉMENT, C'ÉTAIT UNE JOURNÉE SANS !

Quand le professeur recommença à manipuler le couvercle du sarcophage, je m'éloignai du bureau, par sécurité. C'est alors que je vis Gégé.

J'essayai aussitôt de l'attraper mais il traversa la pièce en trottinant, passa entre mes pattes et grimpa au mur...

Quand je compris que je ne pourrais pas l'attraper, je me retournai vers le bureau et, la première chose que je vis, ce fut : la momie d'un chat ! Je hurlai :

— Au secouuurs !

Il n'y a qu'une chose qui me fasse plus peur qu'une momie : les **CHATS** !

Je sentis que je m'évanouissais, je chancelai en cherchant quelque chose à quoi me rattraper et... je saisis une main... une main très maigre... trop maigre. Je la regardai mieux... Non, ce n'était pas une main, c'étaient des **OS** !

LES MOMIES

Les anciens Égyptiens croyaient qu'il existait une vie après la mort et, quand une personne décédait, ils avaient l'habitude de conserver son corps et ses organes internes pour le voyage dans l'au-delà. Pour cela, ils utilisaient une technique particulière appelée MOMIFICATION.

COMMENT FAISAIT-ON LES MOMIES ?

La momification était un processus très long, qui pouvait durer plusieurs mois.
On commençait par retirer du corps les organes internes et on les plaçait dans des vases sacrés appelés CANOPES, puis on frictionnait le corps avec un sel particulier appelé NATRON. Le corps était ensuite bourré avec du lin, de l'huile et des herbes aromatiques, pour lui redonner sa forme naturelle, et, enfin, il était enveloppé dans des bandelettes de lin. Parfois, sur le visage de la momie, on plaçait un masque funéraire.

CURIOSITÉ

Les anciens Égyptiens adoraient plus de 750 divinités, parmi lesquelles Bastet, la déesse chat.
C'est pourquoi les chats étaient considérés comme des animaux sacrés : quand ils mouraient, on les momifiait eux aussi !

Je re-hurlai :

AU SECOUUUUURS !

J'allai sortir de la salle de classe en courant, quand mon ami Hier O'Glyph me retint par le col de la veste.

– Où vas-tu, Geronimo ? Tu es vraiment un froussard !

Je devins rouge de honte.

Je m'étais ridiculisé !

(RIDICULE N° 3)
UNE EXPÉRIENCE EXPLOSIVE

Heureusement, la démonstration de Hier O'Glyph était terminée, et il emporta la momie du chat et tous ses OSSEMENTS...

Avec un soupir de soulagement, je commençai à assister à la présentation de l'invité suivant : le professeur LAPILLI MAGMATIQUE, **vulcanologue**.

Il fit baisser les stores et projeta des diapositives qui expliquaient tout, mais vraiment tout, sur les volcans, sur les éruptions volcaniques et sur les tremblements de terre.

Quel métier fascinant !

CONSTRUIS
UN VOLCAN EN ÉRUPTION
AVEC LAPILLI MAGMATIQUE !

CE QU'IL TE FAUT : un bristol de 50 × 70 cm
● Pâte à modeler de couleur marron ● Une petite
bouteille de plastique de 500 ml ● Vinaigre blanc
● Bicarbonate de soude ● Concentré de tomate ou
colorant rouge pour aliment.

EXPÉRIENCE :

Travaille sur une table recouverte d'une nappe
en plastique pour ne pas salir toute la maison !

1 Colle la bouteille de plastique au centre
du bristol.

2 Avec la pâte à modeler, façonne ton volcan
autour de la bouteille.

3 Mélange le concentré de tomate avec le
bicarbonate de soude et remplis la bouteille
à moitié : ce sera le cratère de ton volcan !

4 Enfin, ajoute rapidement quelques gouttes
de vinaigre blanc et... observe l'éruption
du volcan ! Le bicarbonate de soude,
entrant en contact avec le vinaigre,
forme une écume qui ressemble
à la lave d'un volcan en éruption.

Toi aussi, fais cette expérience, mais...
respecte les doses !!!

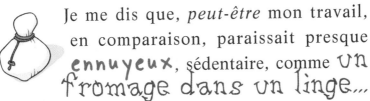

Je me dis que, *peut-être* mon travail, en comparaison, paraissait presque ennuyeux, sédentaire, comme un fromage dans un linge...

À un moment donné, Lapilli me demanda de l'aide pour son EXPÉRIENCE scientifique et je me dis que, cette fois, je n'allais pas me ridiculiser. Il me dit :

– S'il vous plaît, Geronimo, voulez-vous bien ajouter trois gouttes de cette substance ? Pas une de plus, pas une de moins, j'insiste !

Mais, à ce moment, je sentis une déman-geaison irrésistible dans mon nez et... j'éternuai !

Au secours !

– A... A... ATCHOUM !

C'est ainsi que je versai tout le flacon et la lave du mini-volcan déborda... partout !

Je m'étais ridiculisé !

Heureusement, Salvador des Souriceaux, le concierge, arriva en courant avec un seau et un balai. Pour aller plus vite, il me **brossa** directement avec le balai.

– Ne vous inquiétez pas, monsieur Stilton, je vais tout nettoyer ! Ah, à propos, vous portez vraiment le costume adapté à l'occasion !

Puis il me fit un clin d'œil.

« *Pour l'occasion ?* » De quelle « *occasion* » parlait-il ? Bah ?!

Au secours !

Et voilà !

DÉGUSTATION DE FROMAGES !

Monsieur des Souriceaux eut fini de me nettoyer juste à temps pour que j'écoute le début du discours de **Lulu Soufflé**. Ah, quelle rongeuse charmante ! Une peau blanche comme la mozzarelle, des cheveux châtains, souples et vaporeux...
J'étais émerveillé par ses paroles.

Lulu commença en disant :

– Quand j'étais, comme vous, une petite souris, il n'y avait rien que j'aimais plus que les REPAS ! Rien ne me procurait plus de satisfaction que de ronger un bon morceau de *fromage affiné*. C'est ainsi que j'ai décidé de faire de la nourriture, ou plutôt du fromage, ma profession...

Elle savait tout, mais vraiment **TOUT**, sur les fromages ! Je l'aurais écoutée pendant des heures : les fromages sont l'un de mes sujets de conversation *préférés*, surtout quand je suis à jeun, comme je l'étais ce matin-là.

Mais le plus intéressant, ce fut lorsque nous passâmes de la **THÉORIE** à la **PRATIQUE**, des paroles aux faits, et même *au lait !*

Miam !

J'allais mordre dans un énorme morceau de fromage, qui, cependant, était d'une couleur verte très bizarre, quand elle expliqua :

– Voici, monsieur Stilton va goûter un morceau de gorgonzola,

Comment faire du
FROMAGE À LA MAISON

INGRÉDIENTS :

4 litres de lait entier ; 2 pots de yaourt maigre avec des ferments lactiques vivants ; 16 ml de présure* ou de jus de citron ; sel fondu dans de l'eau.

PRÉPARATION :

1. Verse le lait et le yaourt dans une grosse casserole et mélange-les jusqu'à atteindre la température de 39° (pour mesurer la température, utilise un thermomètre à aliments).

2. Ajoute 16 ml de présure ou du jus de citron et retire la casserole du feu.

3. Quand le lait a pris la consistance d'un flan, cela signifie que le caillé se sera formé. Émiette-le à l'aide d'une louche de métal, en séparant le petit-lait et la pâte de fromage, puis dépose-le sur un torchon que tu auras mis au préalable dans une barquette d'aluminium trouée.

4. En t'aidant du torchon, presse la pâte très fort, pour extraire tout le petit-lait et donner à la pâte la forme de la barquette.

5. Enfin, lave la forme avec de l'eau salée et laisse-la mûrir dans un endroit frais.

* La présure est une substance acide que l'on utilise pour faire le fromage. On peut s'en procurer dans certaines pharmacies.

que l'on obtient grâce à des moisissures particulières…

– Des moisissures ? demandai-je en m'immobilisant, le fromage à la patte.

Elle me sourit.

– Bien sûr, pour préparer le gorgonzola, on utilise du lait pasteurisé, des ferments lactiques et des moisissures, comme celles-ci…

Et elle me fourra sous le museau un flacon rempli d'une substance verdâtre et puante…

Si puant que, moi aussi, je devins tout vert… puis tout blanc, puis… je m'évanouis !

Il est un peu faiblard !

Quand je revins à moi, elle me dit, pleine de sollicitude :

– Mais, je n'imaginais pas que vous étiez aussi FAIBLARD, monsieur Stilton. Je pensais que vous étiez un rongeur BATTANT, un brillant journaliste... alors que vous ressemblez plutôt à une cancoillotte. Et dire que je voulais vous demander de m'aider à préparer pour tout le monde mon célèbre SANDWICH au triple fromage !

J'étais fâché qu'elle pense que j'étais une cancoillotte. C'est pourquoi je bondis sur mes pieds.

– Comptez sur moi, mademoiselle Lulu, et permettez-moi de vous aider !

Mais, dans la classe, ça sentait encore trop la moisissure et... JE M'ÉVANOUIS de nouveau.

Je m'étais ridiculisé !

LA SPÉCIALITÉ
DE LULU

Je revins bientôt à moi parce que Tripo me versa sur le museau l'**eau** d'un vase de fleurs qui était posé sur le bureau.

BRRR, ELLE ÉTAIT GLACÉE !

Mais je pus au moins accompagner Lulu dans la cuisine de l'école pour préparer ses fameux sandwichs au triple fromage.

J'y tenais beaucoup parce que :

① je ne voulais pas passer pour une cancoillotte ;

② j'étais AFFAMÉ parce que je n'avais pas pris de petit déjeuner et j'espérais pouvoir goûter encore un peu de fromages variés…

③ elle était très très très charmante et je ne sais jamais refuser mon aide à une aimable demoiselle, surtout lorsqu'elle est aussi mignonne !

Quoi qu'il en soit, je payai très cher ma galanterie…

J'essayai de tremper un doigt en cachette dans la fondue, mais elle s'en aperçut tout de suite.

– Je ne vous imaginais pas aussi GOURMAND, monsieur Stilton ! C'est peut-être pour cela que vous avez un peu de VENTRE et que vous n'êtes pas une souris très athlétique !

C'est bon !

Je devins rouge de honte et n'osai plus rien goûter, mais je fus obligé de préparer **757** sandwichs au triple fromage.

Et comme chaque sandwich était composé de trois couches, je tartinai chaque tranche de pain avec cette irrésistible sauce au fromage !

 x **757 fois = ...**
757 fois = ...
757 fois = ...

Vous me direz combien j'ai tartiné de tranches de pain en tout, parce que moi, je n'ai jamais été très fort en mathématiques.

Puis j'écalai et hachai **535** noix et plantai sur tous les sandwichs **757** olives et **757** tomates cerises et, pour finir, **757** petits drapeaux de Sourisia.

Quel labeur, une véritable torture !

Prépare à ton tour
LE SANDWICH DE LULU SOUFFLÉ

INGRÉDIENTS :

Toast ou pain en tranche, gorgonzola, comté, saint-nectaire, noix, olives, tomates cerises.

PRÉPARATION :

1. Dans une petite casserole, fais fondre, à feu doux, le comté, le gorgonzola et le saint-nectaire, jusqu'à ce que tu obtiennes une sauce crémeuse.

2. Écale une dizaine de noix, hache-les, puis mélange-les à la sauce au fromage.

3. Prends trois tranches de pain et tartine cette crème gourmande dessus.

4. Recompose le petit pain et plante un grand cure-dents pour faire tenir ensemble les trois étages, puis plante au-dessus une tomate cerise et une olive.

Dès que nous eûmes terminé de confectionner les sandwichs, nous les apportâmes à la cantine à nos jeunes rongeurs et ce fut un véritable TRIOMPHE *(hélas !)*.

Ils étaient si bons que, quand vint mon tour de me servir, il ne restait plus que des *miettes* sur le plateau. J'en aurais hurlé de désespoir : j'avais si FAIM que j'aurais même mangé des cailloux.

Mais, comme Lulu m'OBSERVAIT, je fis comme si de rien n'était : je m'étais déjà bien assez ridiculisé comme ça..

S'IL VOUS PLAÎT, DÉNOUEZ-MOI LES PATTES !

Après le déjeuner (*mais vous parlez d'un déjeuner, moi, je n'avais rien mangé. Snif !*), Benjamin et ses camarades avaient une heure de RÉCRÉATION et les invités se chargèrent de ranger la cantine.

Je venais de terminer et j'allais profiter d'un moment de repos bien mérité quand on entendit encore la voix dans le haut-parleur :

– Ding dong !
L'institutrice Sourille est attendue d'urgence par la directrice.

Il me sembla reconnaître cette voix...

Mais où, Où l'avais-je déjà entendue ? Allez savoir ! Encore une fois, Sourille me demanda de la remplacer :

– Geronimo, s'il vous plaît, pourriez-vous surveiller les enfants pendant la récréation ?

J'aurais voulu répondre : mais pourquoi moi ?

Pourquoi pas ce freluquet de Leonardo di Livaro qui, depuis une heure, se faisait bronzer, assis au SOLEIL ? *(Tandis que, moi, j'avais préparé à manger, servi à table, nettoyé le réfectoire...).*

Mais Sourille était déjà loin, et je fus donc obligé, dans l'ordre, de :

1 rattraper au vol **1** petite souris qui tombait de la balançoire *(il s'en fallut de peu que je la rate !)* ;

2 arbitrer **2** parties de basket et **3** de volley *(je n'en pouvais plus de siffler !)* ;

3 intervenir dans **4** bagarres, désinfecter **5** coudes écorchés et mettre un pansement sur **6** genoux ;

4 mettre des SACS remplis de glaçons sur **7** bosses de formes et de dimensions variées ;

5 sécher les larmes de **8** souriceaux et souricettes et consoler **9** cœurs brisés *(à la fin, mon mouchoir était tout trempé !)*.

Pour terminer, Tripo me lança un défi : je devais faire des acrobaties sur la cage à poules.

J'allais refuser, mais Benjamin dit :

– Pour mon oncle, ce n'est **rien du tout** !

Lui, ce n'est pas une cancoillotte !

Après cela, je ne pouvais pas le décevoir : je grimpai sur la cage à poules, mais je me retrouvai bientôt emprisonné dans les TUBES.

Pauvre de moi ! c'était vraiment une journée sans !

Je hurlai, désespéré :

– S'il vous plaît, dénouez-moi les pattes !

Sans !

Sans !

QU'EST-CE QUE
TU FAIS ICI ?

Heureusement, le concierge Salvador des Souriceaux arriva bientôt à mon **SECOURS**.

– Monsieur Stilton, je vais vous sortir de là, moi !

Ainsi, quand la **cloche** sonna, j'étais prêt à accompagner les enfants en classe ; grâce à lui, cette fois en tout cas, je ne me **RIDICULISERAIS PAS !**

Quand nous entrâmes en classe, Sourille m'accueillit avec un sourire et nous invita à écouter l'invité suivant : le très célèbre et sublimissime acteur **LEONARDO DI LIVARO**.

Je croyais qu'il allait se vanter de ses succès et je pensais qu'il nous parlerait de ses villas, de ses yachts et de toutes les splendides rongeuses qui étaient amoureuses de lui... Bref, je dois l'admettre, j'étais prévenu* contre lui : je pensais que c'était un gars VANITEUX et **FRIVOLE**.

Je me trompais : il ne faut jamais juger les personnes d'après leurs *apparences* !

Il parla longuement de son association de volontaires pour la défense de la **nature**.

Et il ne parla pas du tout de lui-même, mais de toutes les belles et utiles choses qu'un rongeur qui a du succès peut faire pour le *bien* de tous.

Je compris que nous deviendrions bientôt de **bons amis** : nous étions très différents, mais nous avions de nombreux idéaux et de nombreuses valeurs en commun !

* On est prévenu contre quelqu'un lorsqu'on s'est déjà fait une idée (plus ou moins correcte) sur lui, avant même d'en vérifier l'exactitude.

LEONARDO DI LIVARO ET SON ENGAGEMENT POUR LA NATURE !

RAT WEEK

LE PÉTROLE MENACE LES PINGOUINS

Leonardo di Livaro a été témoin des désastres que le naufrage d'un pétrolier a causés dans le nord du pays.

RAT MAGAZINE

ALERTE À LA POLLUTION DANS LES GRANDES VILLES

C'est encore di Livaro qui a signalé le problème alarmant de la pollution dans les plus grandes villes de l'île des Souris.

Le Monde Rat

Alerte aux inondations

Alerte aux inondations dans le sud du pays : di Livaro fait appel à la solidarité du pays pour aider tous les sinistrés.

C'est di Livaro qui a dénoncé le grave problème des ordures causé par la fermeture de la décharge de Roquefort.

EL PAIS RATON

PROBLÈME DES ORDURES

Ce qu'il disait m'intéressait beaucoup, mais c'est à ce moment-là que je le **VIS**...

C'était bien *LUI*... *vraiment* *LUI*... *vraiment vraiment* *LUI*... Gégé ! Ce gecko espiègle et taquin, la mascotte chérie de la classe, qui venait de me passer sous le nez !

Tout le monde m'avait tellement prié de ne pas provoquer de **DÉSASTRE**, de ne pas me **RIDICULISER**, de ne pas *décevoir* Benjamin, et au lieu de cela...

Tandis que je pensais à tout cela, Gégé me fit la **NIQUE**, puis traversa la classe !

...Il escalada le mur et...

se glissa dans le conduit d'aération !

Je décidai de le suivre. Il fallait que je l'ATTRAPE.

Il fallait que je le fasse, pour Benjamin.

C'est ainsi que je le suivis dans ces **conduits** obscurs, puis à travers des salles de classe, des caves, de très longs couloirs et des greniers, jusqu'à ce que Gégé franchisse la porte de l'auditorium.

Je le suivis encore et me retrouvai devant une rongeuse à l'aspect *raffiné* et aux cheveux rassemblés en un élégant chignon.

Je la **regardai**… Elle me **regarda**…

Comme elle avait changé !

Puis nous nous écriâmes ensemble :

QU'EST-CE QUE TU FAIS ICI ?

Elle avait beaucoup changé, mais je la reconnus aussitôt : comment aurais-je pu l'oublier ?

C'était elle, *LUDIVINE SAVANTINE*, le cauchemar de mes années d'école ! Si mignonne, si parfaite, si bonne dans toutes les matières.

C'était donc sa voix dans le haut-parleur : elle était devenue **DIRECTRICE** de l'école.

HIER

AUJOURD'HUI

Je restai sans un mot.

Je cherchai quelque chose d'*intelligent* à dire, quand Gégé s'introduisit de nouveau dans un conduit d'aération.

Je murmurai quelques mots d'excuses c o n f u s et m'élançai à la suite de Gégé.

Je m'étais ridiculisé !

J'étais rouge de honte !

Tout en suivant une nouvelle fois Gégé dans le conduit d'aération, je réfléchissais : « Évidemment, elle va penser qu'en grandissant je suis devenu encore plus NIGAUD qu'autrefois. Snif ! »

MAIS OÙ ÉTAIT PASSÉ CE GECKO DE MALHEUR ?

UNE EXHIBITION (PRESQUE) DIGNE DES JEUX OLYMPIQUES...

TurLututu !

l'estomac d'un chat affamé...

sombre comme

de ce conduit

pattes le long

Gégé !!!

J'avançai à quatre

Je suivis Gégé de haut en bas, de droite à gauche... cognant sans cesse mon crâne contre le plafond bas. *SBANG !*

Enfin, d'un mouvement vif, il allait se glisser de nouveau à travers une grille...

D'un *BOND* je l'attrapai, mais allai heurter la grille qui se détacha !

Je tombai...

Puis je fis un triple saut de la mort, une élégante pirouette et retombai pratiquement debout avec une LÉGÈRE FLEXION des genoux. Je ne l'avais pas fait exprès et, si j'avais voulu le faire volontairement, je n'y serais jamais parvenu... Mais ç'avait été une exhibition *(presque)* digne des **JEUX OLYMPIQUES** !

Je pensai : « Dommage que, pour une fois que je suis agile, athlétique et vigoureux... il n'y ait personne pour me voir ! »

Comme j'aurais aimé que m'aient admiré Lulu Soufflé, Patty, Benjamin et tous ceux qui me voient toujours faire des chutes comme un nigaud !

Mais, à ce moment précis, je fus pris dans la très forte lumière d'un projecteur, des applaudissements frénétiques éclatèrent et l'on entendit une CLAMEUR :

Vive Geronimo Stilton !

STILTON, GERONIMO STILTON !

J'écarquillai les yeux, ahuri.

Était-ce vraiment *mon* nom que tout le monde scandait ?

GE-RO-NI-MO ! **GE-RO-NI-MO !** GE-RO-NI-MO !
GE-RO-NI-MO ! GE-RO-NI-MO !

Était-ce vraiment *mon* nom qu'on lisait sur les pancartes, sur les festons, sur les banderoles ? Je me *FROTTAI* les yeux. Peut-être ma tête avait-elle cogné trop fort, peut-être m'étais-je évanoui...

Et pourtant non, c'était réel, tout était **réel**. Toutes ces personnes étaient là pour moi. Ludivine Savantine s'approcha de moi avec un grand sourire. *Comme elle avait changé !*

– Aujourd'hui, en ce jour que notre école consacre aux métiers, nous voulons honorer notre élève le plus CÉLÈBRE, un rongeur qui est l'exemple des grands résultats que l'on peut atteindre en se dévouant chaque jour avec *amour* à l'étude et au travail. Un rongeur qui est maintenant un véritable MYTHE : ✶⁺⁺ ✶⁺⁺ Stilton, *Geronimo Stilton* !

Un tonnerre d'applaudissements retentit.

Je découvris que le premier rang des APPLAU-
DISSEURS était occupé par ma famille. Ils
étaient vraiment TOUS là : Benjamin, Téa,
Traquenard, grand-père Honoré, Pina, tante
Toupie... bref, tous les *Stilton*.

Et puis elle était là, elle aussi : Patty Spring !

Je m'en voulus d'avoir été un peu trop galant avec
Lulu Soufflé : mon cœur ne battait que pour elle,
Patty Spring !

La voix de la directrice me tira de mes pensées :

– ... Et, pour honorer dignement notre élève le
plus célèbre, qui est aussi un vieil ami, je voudrais
lui remettre aujourd'hui une PLAQUE en
souvenir de cette journée...

Pendant que les photographes prenaient mille
PHOTOS et que les flashs m'aveuglaient,
elle me tendit une très belle plaque portant mon
nom.

– Et, si Geronimo Stilton est d'accord, nous la conserverons dans le hall de l'école, dans la vitrine où ont été rassemblés tous les **prix** et tous les trophées remportés par nos étudiants les plus forts.

Puis elle me fit un clin d'œil.

Comme elle avait changé !

PHOTOS ET AUTOGRAPHES

QUE DE PHOTOGRAPHES !

AU SECOURS, LES FLASHS M'AVEUGLENT

ENCORE DES PHOTOS, COMME C'EST GÊNANT !

VOICI UN AUTOGRAPHE !

MAIS... QUEL HONNEUR !

Geronimo Stilton

MERCI À TOUS, JE
SUIS TRÈS ÉMU !

LE TOP DU TOP POUR DES SOURIS GOURMANDES !

Après la cérémonie, la directrice nous invita dans le réfectoire, où l'on avait dressé un **buffet assourissant**, entièrement à base de fromages ! Naturellement, il y avait les fameux sandwichs au *triple fromage*, mais aussi plein d'autres spécialités :

de la FONDUE, des tartines à la mousse de roquefort, des tartes à la cancoillotte et aux noix, des BROCHETTES de mozzarelle, des fromages grillés, des LICHETTES de gruyère, du soufflé à l'emmental...

Le tout était arrosé d'un excellent COULIS de fromage français millésimé, réserve spéciale. C'est Lulu qui avait organisé le buffet et je vous assure que je n'avais jamais rien mangé de plus délicieux, appétissant, surprenant, excitant, raffiné, exclusif, délicat, original...

Bref, c'était le *top* du **top** pour des **souris** gourmandes… C'est à ce moment que je me souvins que je n'avais rien mangé ni au petit déjeuner ni au déjeuner !

J'avais une faim terrible !

Je me dirigeai vers le buffet quand quelqu'un me fit toc toc sur l'épaule.

Toc toc !

Je me retournai et vis une longue ou plutôt une très longue file de rongeurs et de rongeuses de tous âges qui attendaient de me congratuler !

Je reposai mon sandwich en soupirant, résigné à devoir une fois de plus sauter mon repas. Mais, quand je vis que le premier rongeur de la file était Salvador des Souriceaux, j'oubliai que j'avais une faim terrible.

– Merci, grâce à vous, aujourd'hui, je ne me suis pas trop ridiculisé... lui avouai-je.

Au même moment, un autre rongeur s'avança derrière lui : il était presque **IDENTIQUE**.

Il s'exclama :

– Geronimo Stilton, tu es toujours égal à toi-même, tu ne t'attires que des **ENNUIS** !

Je restai sans mots !

Ses moustaches étaient plus **GRISES**, il ne portait plus l'uniforme de l'école, il avait un peu plus de **ventre**, mais... ils se ressemblaient comme deux gouttes d'eau !

Mais alors, c'est vous !

Je suis Ange des Souriceaux !

C'était le mythique ANGE DES SOURICEAUX, le concierge de l'école à l'époque où je la fréquentais : il me tirait de mille ennuis chaque jour !
Salvador sourit :

EH OUI, TEL PÈRE, TEL FILS !

Vous comprenez pourquoi je savais tout de vous, monsieur Stilton ? Mon père m'a tout raconté. C'est ainsi que j'ai décidé que je ferais le même travail : j'aiderais les petites souris TIMIDES à avoir DAVANTAGE confiance en elles.

Hi ! hi !

Je le **remerciai** de bon cœur et passai le reste de l'après-midi à serrer des pattes, à sourire et à signer des dédicaces…

Au bout d'une demi-heure, j'avais la patte ANKYLOSÉE… d'avoir serré tant de pattes ; au bout d'une heure, j'avais des crampes dans les joues à cause de tous ces sourires ; au bout de deux heures, j'avais les épaules détruites par toutes les tapes qu'on m'avait données. Mais j'étais tellement, tellement, tellement heureux…

Vraiment, j'étais très heureux !

ET MAINTENANT,
MOI AUSSI, J'Y SUIS !

Grand-père Honoré lui-même m'avait félicité. C'est lui qui m'avait donné la tape la plus forte de toutes et, pendant que je chancelais, il hurla :

– Gamin, **BRAVO** ! Cette fois, tu as eu l'air presque normal !

Traquenard me donna une **pichenette** sur l'oreille.

– Bravo, cousin ! Cette fois, tu as eu l'air **moins** empoté que d'habitude !

Tante Toupie s'inquiéta pour moi :

– Tu es pâle, peut-être n'as-tu pas mangé suffisamment ?

Et elle me glissa dans la patte un petit gâteau. Je me le fourrai tout rond dans la bouche avant que quelqu'un ou que quelque chose ne m'en empêche : il était TRÈS BON !

Je reçus également les **compliments** de Leonardo di Livaro, de Hier O'Glyph, de Lulu Soufflé, du professeur Lapilli et de plein plein plein d'amis que je ne peux citer ici, parce que leurs noms rempliraient un livre entier. Je ne citerai qu'une seule amie, parce qu'elle est spéciale, et même très spéciale : Patty Spring !

Elle s'approcha de moi et... me donna un BISOU sur la pointe des moustaches...

– Je suis fier de toi, Geronimo !

J'allai devenir **ROUGE** comme une tomate tant j'étais ému, mais heureusement Benjamin arriva et me félicita avec vigueur :

– Tu es grand, oncle Geronimo !

Derrière lui arrivèrent tous ses camarades de classe et Atina qui tenait Gégé dans les bras. Ils s'écrièrent en chœur :

– *Hourra pour Geronimo !* Vive Geronimo, le sauveur de Gégé !

C'est à ce moment qu'arriva la directrice.

– Alors, Geronimo, as-tu apprécié la *surprise* ?

Puis elle s'adressa aux enfants :

– Vite, tout le monde dans le hall : il nous reste encore une chose **TRÈS** importante à faire !

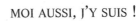
Les enfants, joyeux, m'accompagnèrent jusqu'au hall. Ludivine leur dit, en me faisant un clin d'œil :

– Cette fois, c'est toi qui remportes la VICTOIRE !

Puis elle ouvrit la vitrine et… y déposa la plaque à mon nom.

Je m'écriai, fou de joie :

– Merci, maintenant, moi aussi, j'y suis !

TABLE DES MATIÈRES

Geronimo Stilton

DANS LA MÊME COLLECTION

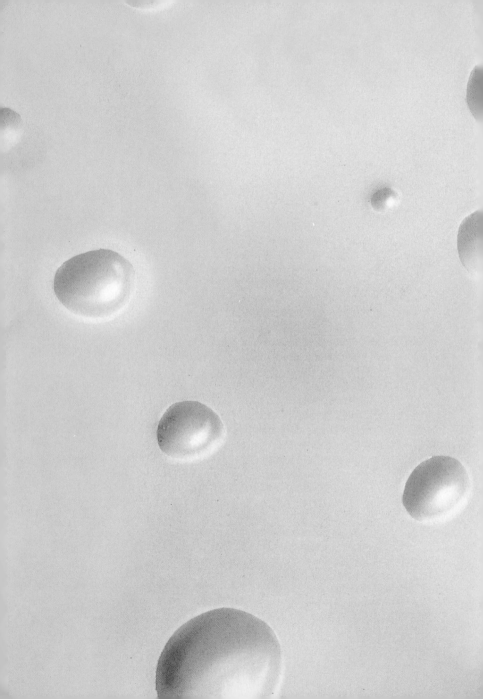

L'ÉCHO DU RONGEUR
1. Entrée
2. Imprimerie (où l'on imprime les livres et le journal)
3. Administration
4. Rédaction (où travaillent les rédacteurs, les maquettistes et les illustrateurs)
5. Bureau de Geronimo Stilton
6. Piste d'atterrissage pour hélicoptère

Sourisia, la ville des Souris

1. Zone industrielle de Sourisia
2. Usine de fromages
3. Aéroport
4. Télévision et radio
5. Marché aux fromages
6. Marché aux poissons
7. Hôtel de ville
8. Château de Snobinailles
9. Sept collines de Sourisia
10. Gare
11. Centre commercial
12. Cinéma
13. Gymnase
14. Salle de concerts
15. Place de la Pierre-qui-Chante
16. Théâtre Tortillon
17. Grand Hôtel
18. Hôpital
19. Jardin botanique
20. Bazar des Puces-qui-boitent
21. Parking
22. Musée d'Art moderne
23. Université et bibliothèque
24. La Gazette du rat
25. L'Écho du rongeur
26. Maison de Traquenard
27. Quartier de la mode
28. Restaurant du Fromage d'or
29. Centre pour la Protection de la mer et de l'environnement
30. Capitainerie du port
31. Stade
32. Terrain de golf
33. Piscine
34. Tennis
35. Parc d'attractions
36. Maison de Geronimo Stilton
37. Quartier des antiquaires
38. Librairie
39. Chantiers navals
40. Maison de Téa
41. Port
42. Phare
43. Statue de la Liberté

Vers le détroit du Rapt-à-Rat

Ici passent les baleines

Galion des chats pirates

Île Corsaire

2   3   4

Île Tortue

1

Atoll des îles Bienheureuses

Barrière de corail

Golfe de la Dent cariée

Archipel d'Égout pu

6

7   5

Baie des Dauphins

Port-Relent

Vers l'océan Ratonique méridional

25   8

14

9

11   13

12

10

Port-Beurk

Rade du Chat errant

15

Roquefort

32

21

Vers la mer des Vibrisses vibrants

Ici, requins !

Port-Souris

20   22

17

29   19   26

18   23   16

35   SOURISIA

Port-Croûton

28   24   30

Phare Pelliculeux

27

31   36

37

33

34

Île Épilée

ÎLE DES SOURIS

Épave affleurant

Vers la mer des Sourgasses

Île des Souris

1. Grand Lac de glace
2. Pic de la Fourrure gelée
3. Pic du Tienvoiladéglaçons
4. Pic du Chteracontpacequilfaifroid
5. Sourikistan
6. Transourisie
7. Pic du Vampire
8. Volcan Souricifer
9. Lac de Soufre
10. Col du Chat Las
11. Pic du Putois
12. Forêt-Obscure
13. Vallée des Vampires vaniteux
14. Pic du Frisson
15. Col de la Ligne d'Ombre
16. Castel Radin
17. Parc national pour la défense de la nature
18. Las Ratayas Marinas
19. Forêt des Fossiles
20. Lac Lac
21. Lac Lac Lac
22. Lac Laclaclac
23. Roc Beaufort
24. Château de Moustimiaou
25. Vallée des Séquoias géants
26. Fontaine de Fondue
27. Marais sulfureux
28. Geyser
29. Vallée des Rats
30. Vallée Radégoûtante
31. Marais des Moustiques
32. Castel Comté
33. Désert du Souhara
34. Oasis du Chameau crachoteur
35. Pointe Cabochon
36. Jungle-Noire
37. Rio Mosquito

Au revoir, chers amis rongeurs, et à bientôt
pour de nouvelles aventures.
Des aventures au poil, parole de Stilton, de…

Geronimo Stilton